KB079022

산
그
리
고
쉼

산 그리고 쉼

초판 1쇄 인쇄일 2021년 11월 3일
초판 1쇄 발행일 2021년 11월 12일

지은이 윤혜경
발행처 (재)당진문화재단
주   소 충남 당진시 무수동2길 25-21
전   화 041.350.2932
팩   스 041.354.6605
홈페이지 www.dangjinart.kr

펴낸이 양옥매
디자인 표지혜 송다희
교   정 조준경

펴낸곳 도서출판 책과나무
출판등록 제2012-000376
주소 서울특별시 마포구 방울내로 79 이노빌딩 302호
대표전화 02.372.1537   팩스 02.372.1538
이메일 booknamu2007@naver.com
홈페이지 www.booknamu.com
ISBN 979-11-6752-049-4 (03810)

2021 당진 이 시대의 문학인 선정작품집

산 그리고 쉼

윤혜경 · 시집

 당진문화재단

누군가 그랬습니다.
'우리가 두려워해야 할 것은 두려움 그 자체'라고.
그래서 용기를 내어 부족함을 알면서도
속을 활짝 열어 다 보였습니다.

헛헛한 마음 표현할 길이 없어
뒤척이다 엮은 몇 마디가 아프게 와 닿습니다.

부디 희망이 있는 용기勇氣이길 바라봅니다.

윤 혜 경

2부　　　산, 끊임없는 이야기들로

3부

쉼, 내 삶의 전부였던

1부

봄,
겨우내 꿈을 꾸고

봄 1

겨우내 꿈을 꾸고 나더니
앉은뱅이처럼 앉아서
서로가 부둥켜안고
조잘거리며
빼꼼히 눈인사 보냅니다

꽃잎을 펼치려고
꽃물이 오르면
젖가슴도 부풀어 올라서
긴 봄날에 배앓이를 합니다

봄 2

파란 하늘
맞닿은 산등성이
진달래 무리 지어
꽃술에 취해
배실배실 웃는다

풀어헤친 속살
훔쳐보다
가슴으로
불 질렀네

만화방창한 봄날은
사방이 불길이다

봄 3

젊음이 사그라들었다고
문자 메시지가 뜬다
삶의 터전에서
열심히 일한 자
산에서의 리딩자
오십 대 초반에
꿈과 사랑이
꺼져 가는 외침이고
우울한 삶을 적시는 하루
봄이라서 견딜 수 있는
만물이 소생하는 지금은 사월

봄 4

목련꽃

망울질 때면

가슴 시리도록

그리운 건

봄

산

꽃

봄 5

온몸을 비틀어 대며
발광을 해 댄다

눈 뒤집힌
낙지란 놈이
봄볕에 검게 그을린
아낙을 째려보고 있네

봄이라서 용서가 되는
저 눈빛

봄 6

긴 봄날
자궁을 열고
세상 밖으로 나왔다

세월이 등 돌리더니
어느새

할
머
니

언제 이렇게 푹 익었나

봄 7

태양을 이고
눈 감고 서성거리는 봄

남쪽에서
꽃순이가
줄지어 올라온다

저 행렬에 나도 끼어들면
나도 한 송이 꽃으로 필 수 있을까

봄 8

벚꽃 축제

발길 닿는 곳마다

안부를 전하니

답장처럼 돌아오는 소식

나무마다 팝콘 튀기는

봄날이다

제야의 종소리

나도
너도
세월도
단풍이 든다
함박눈 올까 두렵네
종소리 너머 기척이 올해일까 내년일까

귀 막아도 들리는 소리
마음이 찡하다

해바라기꽃

추억의 그림자 길게 끌며
지나간다
늘 이곳에서
기다림을 배워 버린 습성
보내고 애타는
저문 하루
그리움만 쑥쑥 키워 가다
또 저문 하루
까아맣게 타 버릴
내 그리움
뉘 알까

동백꽃

섬 안의 섬
송두리째 낙화하는
붉디붉은 동백
해식절벽 끝까지 붉네
아찔한 낭떠러지에서 붉은 언어처럼
들리지 않는 말, 귀 기울이면
그대 발길 돌리라 하는 소리,
파도에 밀리고 밀려
지심도, 온 섬이 동백의 말로 붉네

예술마을 헤이리

자유로를 지나 통일전망대

눈인사 건네고

웅장한 조형물 그늘 삼아

갈대숲은 무대가 되었다

책으로 만들어진

북 하우스

책갈피를 넘기듯 마을에 들어서면

벤치와 나무들 아무렇게나 놓인

모든 것들은 조형물 작품들

구름 솟대가

책 기둥과 한판 씨름을 승부하고 있는

마을이 통째로 한 편의 드라마 같다

실상사 가는 길

지리산 자락을 품고
오래도록 뿌리내린 선종사원
해탈교 다리를 건너면
석장승이 둔탁한 마음을
걷어 낸다

천년만년 살 것도 아닌데
속세는 왜 이리 온갖 구설수로 어지러운가
버리면 빈 곳이 무소유라고
문수 스님의 소신공양
한겨울도 따듯하다

바위 옆에서 졸다 죽고 싶다 하신
문수 스님의 지고지순한 공양
해탈교 다리 밑에 흐르는
맑은 물이
문수 스님의 눈물 같다

무안 일로

10만 평에 이른
동양 최대의 연꽃 단지
무안 회산백련지

연꽃등에
소원지를 달고
초록빛 연잎 사이로
살포시 고개 내민
백련

연 이파리 따
머리에 뒤집어쓰고
깔깔거리던 생각에
웃음이 절로 난다

고추밭

고추 따는 할머니
손놀림이 바쁘다
탄저병이 고추밭을
기웃거리고 있다

염천인데도
둥그런 호박은
벌거벗고 누워
일광욕을 즐긴다

된서리 내리거든
어디 한번 두고 보자

돌아가는 여행길

대둔산 태고사 가는 길
봄나물로 뜯어 데쳐 먹던 망초꽃
네가 예쁜 줄 이제야 알았네

원효 대사가 밤낮 3일 춤을 추었다는 태고사
석문을 들어서니 웅장한 전각들이 마주하고
침묵 계단들이 오랜 세월을 보여 준다
이끼와 신록들이 참 멋스럽다

등산학교 졸업등반 야간산행에 밤을 새웠던 낙조대
추억이 스멀스멀 밀려오네
하늘을 이불 삼고 산은 베개 삼아 들려오는
처마 끝 풍경 소리
인생길 돌고 돌아 여행길 준비하는 마음이었네

바람

라일락 꽃향기가 있던
자리에
아카시아 꽃향기가
콧등을 달굽니다

힘들어도 인연의
끈을 붙들고 있는
당신이 있기에
행복합니다

눈을 달구는 속울음도
그냥 지나갑니다

동침

순백의 당신을 만나면
울렁증이 일어납니다
동침 한번 못 하고
눈빛만 마주쳤습니다

녹록한 하루를
목련꽃 아래 묻어 두고
그리움은
그대 텅 빈 가슴에
가득합니다

지천명의 맑은 사랑으로
꿈을 꾸고 있음은
내리내리 깨지 말아야 할
그리움이겠지요

순천만*의 비밀

아낙들이 널배를 타고
마을의 생계 수단 갯벌로
꼬막을 캐러 나간다

널배와 손놀림으로 삶의 터전을 이루고
갯벌은 유연한 곡선으로 물길을 드러내
동식물의 삶터와 안식처가 진풍경

국제 습지보호 조약인
람사르 협약이 등록된 곳
살아 숨을 쉬는 순천만은

습지가 아닌 살아 있는
자연 생물 도감이다

* 순천만 : 연안습지로 국가지정문화제 명승 제41호 지정.

변산반도 적벽강

물 빠짐으로 시시각각
세월의 흔적을 보여 준다
책처럼 포개진
적벽강의 바닥이
바닷물에 침식되어
층을 이루어 내고
일몰은 광활하게
시야를 압도한다

바람이 한 장 한 장 적벽강을 넘긴다
페이지마다
적벽의 역사가 기록되어 있다

마애삼존불

백제의 미소가
살아 숨 쉬는 곳

발 디디면
가슴 가득히
자애로운
미소가 머문다

여래입상
관음보살
반가사유상
위안과 자비의 미소

발길 끊긴 깊은 밤
소쩍새 울음소리
그대 맘 흔들어 놓는다

폭염주의보

더위에 지쳐
숨통이 막힐 것 같아
초저녁에
버스를 타고
서울 시내 한 바퀴
돌아다녔다는
전화기 너머
그 목소리도 뜨거운
열대야

지피식물

보랏빛 무리들이
신비스럽다

왕버들 나무 사이로
유혹하는
넌
누구니

음지에 보랏빛으로
한 폭의 그림을 그려 내는
지피식물

온몸으로 바닥을 기며
자화상을 그린다

1박 2일

낯익은
솔바람이 마중 나와
거친 숨 몰아쉬며
산 능선 올라가니
비박하는 나무들
발목이 퉁퉁 부어 있다
얼마나 오래 발품을 팔았나
봄부터 여름 지나 가을 겨울까지
사계절도 나무에게는
1박 2일일 뿐

백령도

바람 소리
물소리뿐

남과 북이
하나로
이어졌으면
참 좋겠습니다

바닷물이 동서남북이 없듯
백 개의 언덕이 있는 섬,

고개가 다 문드러지도록
하나였으면 좋겠습니다

재개발 지구

포클레인 대여섯 대
굉음을 내며 산중턱을 들어올린다

우거진 노송들이
내는 바람 소리는 산의 신음 소리

지워진 이름을 캐듯
깎아지른 절개지 무너진 흙이 붉다

지번이 지워질 때
세상에 없는 주소가 생겨나는
재개발 지구

말소된 주소들의 속앓이로
토사가 흘러내린다

동강할미꽃

높디높은
암벽 틈새에
뿌리박고
동강 지키는
연보랏빛
절벽꽃

낭떠러지도 향기가 있다

목련

간밤에
소복 입고 오더니
이른 새벽
조문하네

처서 處暑

어느 틈새로 들어왔는지
울 집 화장실에 밤손님이 찾아와
쉬지 않고 노래 부른다

듣기 좋은 노래도 계속 들으면
신경이 곤두서는 법
파리채를 들고 쫓아가면
약을 바싹 올린다

한 박자 느려진다
또르 또르 또르
뒤돌아서면
또르르 또르르 또르르

그래, 밤새 노래해 봐라
은솔 할비 오줌 누러 가면
너 죽는다

입추 立秋

갈바람이 오려나
울 집 베란다에
밤손님이 오셨다
귀뚜라……미
맨발자국 소리만 홍건하다

현충일

유월은 기다리던 님이
돌아오지 않는다고
긴 세월의 그늘에서
미망인의 눈물만 흘러내린다
베갯잇 적시며
과속으로 세월 달려 왔다고

유월,
매년 돌아오는 그리움으로
기다림이 쌓이고 쌓여
마음이 한꺼번에 무너져 내리는 계절이다

맹섬

두 개의 바위섬
바위 사이로
2월과 10월에
두 번만 해가 떠오른다는
해남 땅끝마을

땅의 끝
바위섬으로 이루어진 맹섬은
일출과 일몰로 밀물과 썰물의
간만의 차가 붉다

처녀치마꽃

양구 만대 벌판 둘레길
열두 폭 치마를
겹겹이 펼치고
앉은뱅이처럼 앉아
요염한 자태로
온 산을
보랏빛으로 물들인다

2
부

산,

끊임없는 이야기들로

산 1

- 고성 삼포

관음송을 자랑하며 뽐내던 낙산사
불길에 껍질이 벗겨져
흉한 몰골이다

그 후
자연의 위대함과 생명을
하나둘 키워 내고 있다

연보랏빛 제비꽃도 활짝
울울창창한 송림이
비로소 제 모습을 찾는다

산 2

오르다 오르다 곤하여
가슴 같은 넓적한 바위에
두 다리 힘껏 딛고
아래를 내려다보며

야 - 호
소리를 지르면
어린애 같은 나를
한아름에 받아 주는 산

그대는 변함없이
기다리는 절개로
나를 향해 손짓함이
산山처럼 살라 하네

산 3

- 해남 두륜산

밝은 웃음 짓던 얼굴이
되새겨도 보이지 않아
쉰 소리로 이름을 외쳐 불러도
외친 메아리는
산山바람에 채이어 소식 없고
쉼터마다 봉오리마다
겹겹이 싸인 산새에
한 발 한 발 적은 발길
수많은 갈림길
고행인가 수행인가

산 4

- 월출산

급한 능선을 내려서면
행여 그대가
손짓하여 불러 주실
기척 있을까
되돌아보건만
내가 소리 질러
부르던 소리마저
응답이 없으니, 그러나
늘 말 없는 그대는 산이라서
과묵한 그 마음만
첩첩이 가슴에 쌓인다

산 5

벌건 대낮에
낮달이 노송에 걸렸다,
땀으로 범벅이 되어
온몸 쉰내가 진동하고
한 점 바람이 등을 밀어낸다
노송에 핀 낮달,
산은 낮보다 밤이 밝다

산 6

지도책을 펼치다 보니
당진에서 가까운 금산에
자지산紫芝山이 있다기에 번개산행을 갔다

등산객 일행이
힐끗힐끗 쳐다보고
어디 산 왔냐고 너스레를 떨어 댄다

우리 팀 줌마들은 수줍어 피식피식
웃기만 하네

씩씩한 내가 있잖여,
자지산紫芝山 왔슈
약초와 영지가 많이 난다고 해서
보랏빛 산 아니유?

산 7

봄꽃들이
바람을 피우거나 말거나
그대는 내색하지 않는다
언제나 오늘 같은 날
어쩌다 살다 보니
내 맘을 송두리째
끝없이 끌고 간다
산 노을 등에 지고

산 8

평창 보래봉과 회령봉
천고지 넘는데
산자락이 이마에 걸린다
들머리를 놓쳤다
소방도로 만든다고
산허리를 싹둑 잘라 버렸네

내 힘으로 살았다
높고 낮음은 어떠리
내 뜨거운 가슴으로
온 산을 안을 수 있다면
가슴 설렌다

산 9

남해 금산 보리암 가는 길
전설을 담은 38경의 기암들은
자취를 감추고 보여 주질 않는다

인생은 삶의 탐구다
자질구레한 굴레에서 벗어나
자연 앞에 자신을 비추어 보고
물어보고 인간의 본성을 찾는다

아직 먼 곳에 있다
산은 나를 끝없이
행복하게 만든다

내가 사랑하고
나를 사랑해 준 사람들
산은 어쩌면 내 인생의 불꽃이다

산 10

- 장터목산장

담요 한 장 돌돌 말아
베게 삼아 머리 처박고
코를 골며 침 흘리고

어디까지 가려는지
달려가 쫓아가 봐도
낯선 풍경 하나
보이질 않네

산은 찾는 게 아니라
늘 거기 그대로 있었네

산 11

설악산 황철봉을 오르려니
가슴이 콩닥콩닥

마가목은 지천이고
너덜길에 곤혹 치른 산

천지를 뒤흔들 것처럼
성난 칼바람
뺨을 때리고 할퀴고

아픈 만큼 추억이 깊은 산행,
생애 최고의 상처여도 좋을

산 12

국토의 등뼈라 불리는
백두대간 마지막 코스
진부령 소똥령 옛길

원통장으로 소를 팔기 위해
소똥령을 넘다
쉬어 가는 주막에
소가 똥을 많이 누어서
소똥이라는 이름의 유래
소똥령을 넘어 보았네

소똥령
소똥령

소의 그렁그렁한 눈망울처럼
정겨운 능선을 넘어도 보네

산 13

뜨거운 열정
어디로 가고 있을까

바람난 여자
바람난 산

새벽녘
가슴 풀어낸다
오서산 비박

산을 덮고 한숨 자니
온몸이 뻑적지근하다
밤새 내 몸에 무엇이 다녀갔나

산 14

연천 고대산을 오르러니
온몸이 활활 달아오른다
어쩌란 말인가

끈질긴 집착이
달달한 물이라면
온 산을 다 마셔 버리고 싶네

머리부터 발끝까지
산의 기슭이 되고 싶네

산 15

솔바람이 마중 나와도
그늘 밑 역시
지열이 뜨겁다

흘러내린 땀방울
목덜미를 타고
젖가슴까지 짓밟고 내려온다

뜨거워 불끈대는
저… 산봉우리

허공에는 구름 한 점 없네
나무의 우듬지마다 하얀 새알들 올망졸망
구름이 알을 깨고 나오고 있네

산 16

봄
여름
가을
겨울
피서철에 차량들이
꼬리를 물더니만
산자락을 넘고 넘어
일곱 시간을 달려온 민박집
달빛이 빤히 쳐다보고 있네

졸음에 눈꺼풀이 주저앉는다
민박집 아주머니 왈
옆방에 손님들 지금까지 술 마시고
금방 들어갔으니 떠들지 말라요,

젠장,
코골이 소리에 우리가 잠 못 자유,
첫사랑보다
가슴 두근거리는
주산지의 아침이다

산 17

서울은 폭설로 난리통이다

고원의 겨울 풍경
태백산 천제단
눈꽃에 눈이 부셔
능선이 설국의 축제 같다

뽀드득 뽀드득
눈 밟히는 소리로 가슴이 흰 물결 일 듯

먹이를 쫓는 새 한 마리
배고픔도 잊고
뽀드득 뽀드득 뒤밟아 오는 소리

산 18

새벽 3시
졸린 눈 비비고
둔탁한 마음
몹쓸 잡것들
한 가방 짊어지고
덕유산 오르니

별들이 총총
산 위에 내려앉아
손에 잡힐 듯하다

번뇌 없는 산의 맨얼굴을 본다
저리 푸른 표정은
어떻게 하면 만들어지는 걸까
짊어질수록 가벼워지는 산은 무게가 없다

산 19
- 문경 공덕산을 오르며

골 깊은 산중에
새소리 바람소리뿐
굴참나무 군락이 하늘거리고
아~ 천국이 따로 없네

가 보진 않았지만
산행을 할 때마다
추억거리 하나쯤 두고 와야지

등산화 밑창이 다 낡아 화근이었다
아까운 마음에 한 번 더 신고 버린다고
내리막길 마사토가 죽음이다
쭈르륵 아이고 쭈르륵 아이고

값비싼 등산화를 신어도
마사토 길에는 어렵다는 걸
잘 알고 있었건만
저 죽는 줄 모르고
강심장도 놀랄 때가 있네

민숙이, 영숙이, 발걸음이 빠르다
성 ~ 엉
산 욕심이 많유

산 20
- 침몰하는 심장

구름이 넘어가는
능선에 올라서니
산 위에 산들이 모여
섬을 이룬다
산에도 섬이 있어
홀로 서면 고독한 섬,
찰랑찰랑 만산홍엽이 되면
몇 척의 배로 떠도는 섬은
만선이다

산 21

이제 알았네
산이 좋아
찾아가는 것이 아니라
산이 나를 부른다는 것

산을 등지고
내려온 슬픔이
또
지랄이다

산 22

- 울진 천축산

벌건 대낮에
낮달이 노송에 걸렸다

구슬땀으로 범벅이 되어
온몸 쉰내가 진동한다

한 점 바람이 등을 밀어낸다

달이 떠서 밝은 한낮의 산
눈 감고 올라도 정상은
늘 손에 잡히지 않는 님 같은 거

산 23
- 토막 능선

발걸음이 무뎌진다
오르다가 지쳤나

장마 끝에 햇볕이
온몸을 적셔 댄다

흰 구름은 떼구름 지어
달마봉을 질투하고

모질게 시달려도
뿌리 지킨 노송 한 그루
그림 같구나

설악의 일출로 여백까지 물든
산수화 한 폭,
거기 화룡점정인 나

산 24

설악산 용아장성
천 길 낭떠러지
마음속엔들
무슨 걱정 있으랴

웅장함과
이 짜릿함
바람으로 밧줄을 엮은 한 끝에
나를 묶고 산을 오른다

계곡물 소리를 따라 가는 산행
절벅절벅 발걸음이 물소리 같다

산 25

- 울진 통고산

하늘
바람
구름과
동침을 한다

시린 가슴을
온 산이 포옹하며
꿈을 꾸라고

비워 있는 마음을
더 맑게 비우는 일이
마음이 성스럽게 치유되는 일

입을 벌리면 푸른 알약으로
가슴을 펴면
푸른 명약으로 스며 오는 명상

고통이란 어쩌면
마음에 산 하나 키우는 일이다

산 26

친구는 등산에 미쳤다고 하더니만
한 사람은 산과 결혼해서 좋겠다고 한다
동감이다

산에 올라 힘을 얻고
옹졸한 마음을 잊게 하고
찐한 맛을 느끼며
자연은 항상 가슴을 활짝 열고
마음 다스리는 법을 가르쳐 준다

산은 삶의 지침서이고
모든 잠언들이 빼곡하게 쓰여 있는
책이다

산 27

메아리는
산을 부르는 게 아닌 외침일 뿐입니다

산에 올라 또
발성 연습을 하러 왔는지
리듬과 박자가 산에 울려 퍼집니다
침묵이 더 그윽한 산입니다

산 사랑은
산을 소리쳐 부르는 게 아닌
조용하게 바라보는 일입니다

밤새 내린 빗줄기도 산이 젖을까
가슴앓이를 하고 있습니다
산은 부르는 게 아닌
귀를 기울여야 잘 들립니다

산 28

산이면 모두가 산이더냐고
바위면 모두가 바위더냐고
함부로 날 말하지 말라고

험하고 힘들었던
안개 걷힌 산자락을
뒤돌아봅니다

당신은 날 속이지 않지만
나를 속이는 것은 나 자신입니다

당신을 사랑합니다
거짓이 없는
산을 사랑합니다

산 29

- 방태산

밤새 내린 비에
산자락이 푸르다

산 높고 골 깊으니
바람 소리 물소리뿐

인제, 방태산
멀리 흰 구름은
초여름을 업고 달려온다

나는 세상이 조심스러워 입 다물고
세월만 씹어야 한다

내일도
더 멀리 바라봐야지
저 산 위에 올라가야지

산 30
- 조계산

연산봉을 오르며
바람 소리
구름 소리
새소리
목탁 소리
풍경 소리에 가슴이 아늑해진다

보폭마다 아장아장 걷는 산행
어머니 품으로 들어가는 듯
모성애를 느끼게 한다는
순천 조계산,
오늘 그 품에 담뿍 안겨 본다

산 31

- 영동 월류봉

달이 머무르는 봉우리
금강 상류 한 줄기
초강천
우암 송시열 선생이
반하고 노래한 충경
초강천 너머 백화산은
수채화 그리기에
하루해가 짧다

산 32

망울질 봄을 삼키려고
배앓이를 해 댄다
동침 한번 못 해 본
하~~~ 하얀 목련꽃을
흔들어 깨워야지

금평 저수지 둘레길에는
물오른 연초록 버드나무 사이로
구성산 능선이
빼꼼히 마주한다

우후죽순 돋아난 꽃들이
피고 나서야 저리 절창이 될 줄
왜 몰랐을까

목련꽃 하얀 치아에 깨물린 자국
목덜미가 희다 못해 푸르다

산 33

말의 귀처럼 생겨서 붙여진 이름
일제 강점기에 이갑용 처사가
30년간 수도정진하며 쌓았다는 80여 기의 석탑과 탑사
겨울에 하늘을 향해 거꾸로 여는 화암골의 고드름
이태조가 먹다 뱉은 씨앗에서 싹을 틔웠다는
청실배나무가 있는 은수사
천 년 묵은 은행나무로 만들었다는
목불좌상을 모신 황금빛의 금당사
산은 끊임없는 이야기들로 가득 차다

산 34

앞질러 가던 일행이
숨을 몰아쉬며
산행길이 험하다고
불만을 터트리기 시작한다

송시열 선생의 유적이 산재해 있는
덕을 쌓은
군자의 모습이 묻어나는
산이라면서
왜 이리 험하냐고
이게 무슨 군자산이냐고

숨은 가쁜 게 아니라 어쩌면
기쁜 내색인 듯
입김이 뜨겁다

산 35

천상의 화원
요염한 자태로
분홍빛 치마를
치켜든 얼레지꽃
산에서의 꽃은 향기가 아니라
빛깔로 말을 한다
산 말은 그래서
맘이 설렌다

산 36

- 아마산 돌탑

자연과 인간이 어우러져
사랑과 화합으로

내가 사랑하고
나를 사랑해 준 사람들
내 안에 늘 함께합니다

속절없음과 하염없음으로
숫을수록 울림이 큰
돌탑,

달빛이 탑돌이 한 깊은 자국 안에
푸른 그늘이 가득히 출렁이고 있다

3
부

쉼,

내
삶의
전부였던

쉼 1

홀로 두고
머언 여행길 떠나시거든
걱정하지 말아요

미안하다는 말도
가슴에 묻어 두고

가시는 길 힘들면
풀숲에 앉아
쉬었다 가시고

꽃향기에 취해도
잊지는 말아요

홀로 가시는 머나먼 길
부디 뒤돌아보지 마시되
다시 돌아올 길만은 기억해 두세요

쉼 2

맑은 눈빛으로
눈인사 보내고
사뿐사뿐 가시더니

석양빛 노을 벗 삼아
자리 잡고 계시니
편안하신지요

늘 입에 달고 사시던
고맙고 미안하고 사랑한다는
그 하염없는 말에
콧구멍이 달아오르고
눈시울이 뜨겁습니다

이별도 눈물도 없는 그곳에서
이곳 기별도 잘 듣고 계신지요

쉼 3

메마른 숲에서
꽃눈이 눈웃음치네

낮달은 뒷짐 지고
하늘과 구름 사이를 지나온
바람이 발밑에 수북이 쌓이네

바람의 무게를 들어 보니
세월에 쫓기듯 나이 듦에
귀밑머리 희끗희끗, 눈발도 소복이 쌓이고

몸을 빠져나간 세월의 무게가
한층 무겁게 느껴지네

쉼 4

어머니,
사는 것과 산다는 것을
묻고 싶습니다
시간을 멈출 수만 있다면
오래도록 귀 기울여 주고 싶습니다
강물처럼 퍼 담을 수 있는
세월이라면
정화수 한 사발 떠 창가에 두고
물결을 밑줄 삼아
어머니께 답장을 쓰고 싶습니다
쓰면 바로 지워지는 물결이
어머니 답장입니다

쉼 5

애달픔이 있기에
눈앞의 모습보다 더
아름답게 보이는 게 있습니다

끓어오르는 보고픔이
당신의 아픔이 되어
없는 모습으로도 생생히 떠오르는 당신,

당신의 눈길이 나를 꽉 잡아
바라보고 있는 동안
벙어리 된 나

혹여 볼멘소리로
날 잊을 당신 생각하니
불 지펴진 가슴 어찌하나요

내내 뜨거운 이 심장을,
어찌할 수 있나요

쉼 6

즐거움을 같이했던 시간들
화사하게 웃음 띤 당신을
오래 기억합니다

콩콩 뛰는 심장 소리
눈시울 흘러내리도록
내 삶의 전부였던 당신을
오래 기억합니다

애타게 기다리다
목젖이 타들어 갈 당신은
내 마음 안에서 넉넉한 여백,
내가 지워진 자리가
당신의 자리입니다

섬 7

낯선 이름 하나
풀숲에 내려앉았습니다
부르다 지워진 이름이어서 낯섭니다

그대가 그리워서
망울진 꽃들도
울음을 삼킵니다

여기
꽃잎이 다진 꽃나무 한 그루
꽃 진 자리 상처를 묶듯

모질게 아문 마디,
그게 그대의 이름
불러도 대답 없을 무음의 절규

인연이란

서로 부대끼며
사는 게 삶이겠지요

여분의 시간이 있다면
덤으로 알고 살겠습니다

하여, 당신도 모르고 사는 삶이 있다면
더불어 부대끼며 사는 것이겠지요

가치 있는 것끼리 드러내 놓고 살지 않아도
막걸리에 김치 한 쪽이라도
함께 곁들일 수 있으므로
되살아나는 정

그 정이 그리워서
떠나지 못한 사람들
여기에 머무르는 이유인지도 모릅니다

누님

베란다 창문 너머로
조각달이 나를 보고 웃는다

땀과 눈물로 범벅이 된
마른기침 소리가
귓전에 울린다

눈감고 헤아려 보니
고작 대여섯 번의 안부 전화일 뿐
무에 이리 바쁘게 살아온 삶이었을까

슬픈 현실이
세월을 등에 업고
꺼지지 않는
희미한 등불인 듯

모진 삶의 대명사,

어쩌면 마음의 희미한 빛으로 빛날

그녀라는 이름

은솔이의 말

어린이집에 다니는 손녀가
남자아이 오줌 누는 모습이
신기한 건지

"엄마 걔 오줌은
왜 멀리 안 나가?"

한바탕 웃음이
창문 넘어간다

지린내 밴 바람도
덩달아 출렁거린다

오줌 지리는 농담

감자밭에서 왕할머니
껄껄껄 웃으신다

매달린 감자 치켜들고
젊었을 적 우리 영감
쌍불알만 하다고

"감자밭이 온통 쌍불알이네."
아낙들이 뒹굴며 좋아라 한다
한참을…

눈가에 걸려 있는 당신

손때 묻은 유품을 정리하다
낯선 길을 나섰다

새벽녘 산자락 덮어
행복하다는 가신 님
산비탈 햇살을 온종일 받으며
같은 생각을 해 봐도 답이 없네

숲속에 어둠이 슬슬 내리기 시작하는데
마음에 담긴 당신, 밤새 출렁거리네

복사해서 드릴까요

지난밤 꿈속에
서류 정리하라고 나타나셨다

한 달쯤 되어
이 세상 사람이 아니라고
사망 신고를 했다

2020. 7. 6. 오후 3시 15분, 자택
나풀나풀 나비되어 떠나신 달
주민증을 반납하라고
덜컥 가슴이 내려앉듯 큰 눈 뜨고 바라보니
"복사해서 한 장 드릴까요?"

가슴이 쿵쿵쿵
뭔가 치밀어 오르는 이것은 뭘까
한 장 서류로 정리되는 삶은

어머니

검은 머리보다 많은 흰머리
손등에 돋아난 검버섯은
삶을 꿰매다 난 상처,
그 자국을 뒤적여 펴 보면
더 큰 상처로 나 있는
어머니 등 뒤의 나

휠체어 반납

비가 와도
눈이 와도
17년 동안
함께했던
키 작은 너

기적 같은
꿈도 키워 보고
느림의 미학
기다림의 습성을 가르쳐 준

아름다운 추억도
슬픔도 허물처럼
짭짤한 내 눈물도 배어 있다

이제 두 발 뻗고 편히 쉬게나

칠월을 보내며

영원히 함께할 것 같던
보금자리를 떠나고

숨죽여 울다 들켜 버려
어금니 꽉 물어 대니

전율이 확 번져 오는
내 삶의 모서리, 칠월

여름의 끄트머리에
내 상처를 묶어 놓는다

동행

빨리 가려면 혼자서 가고
멀리 가려면 함께 가자

우린
산 친구
영원한 수평

손 내밀면 언제든지 닿을 수 있는
동반의 거리

고향

흘러가는 세월 좇아
부모님의 땀과 눈물로
다져진 논이랑 밟았다

논두렁에 볏단 나르며
투정 부리던 어린 시절
우리 칠 남매
허기진 배 채워 주던
아홉 마지기 논

산모롱이 돌아
잔등 넘어가면
하늘을 지붕 삼아
누워 계시는

그립고 보고픈
울 엄니, 울 아버지

오늘 하루가

울분이 목젖까지 치솟아
이명이 멍멍해진다

웃음인지 울음인지
몸을 쥐어뜯으며
뒤돌아 앉은
바보스러운 모습들도

서로 부대끼며
깊은 상처 껴안던
그리움 하나
심어 주고 갑니다

보고 싶은 사람들
모두가 어울림으로
조금
불편한 것뿐입니다

사랑입니다

내 숨 같은 사람

달팽이처럼
느려도 괜찮아

내 발자국이
멀고 멀어져 쓰러져도
다시 일어나
시작해 보는 거야

가슴 저리게 하는 기다림
일상이 되어 버린
삶의 전부,

사랑이란 그리움이기 이전에
아픔의 잠언입니다

개꿈이다

아들놈 유성이가
아주 좋은 꿈을 꾸었다 한다
그것도 불 꿈을
즉석 복권을 긁어 댄다

노력해서 살아야지
뜬구름 잡으려고 손 내밀지 마!
개꿈이다 하면서도
은근히 기대되는 해몽

개꿈도 꿈이다

정자나무 아래서

근력이 쇠잔해지고
시력도 가물가물
가까운 곳보다 먼 곳이 더 잘 보이네

주름살은 삶의 밑줄,
사람의 나이테네

생의 오감이 무뎌지듯
흘러가는 세월의 속도를 잴 수 없듯
건네는 말

젊은이,
틀니 끼고 뭘 먹으면 그 맛을 몰러

청문회

배가 어느 정도
튀어나오면
끄나풀이 풀어진다

고개 쳐들고 죽어라 대들던
정치 패거리들
나사 빠진 정신 상태를
뱅뱅 돌려주고 싶더니만

이젠
쓰레기 오물통 뒤지는 소리들만 한다
말의 악취가 더 심한 줄
이제 알았다

시장통 사람들

불기둥 같던 무더위 속
서해정육점 앞
오색 파라솔
그늘막 위안 삼아
삼삼오오 조용한 수다 삼매경이다

무료한 듯 졸고 있는
화분 속 금송화 꽃잎도
향기를 침묵하고
햇살 지붕에 부딪는 소리만
지글지글 염천에 울린다

파리 한 마리가 잘못 빌듯 손을 비비면
용서를 사하듯
파리채 손잡이 거꾸로 세워 등을 긁는 노파
등에 그늘이 뚝뚝 흘러내린다

전주 남부시장

닭발볶음은
청양고추가
많이 들어가야
제맛이 난다고
지랄들이다
생각 없이 툭 던진 말
손가락들이
닭발처럼 매운 사람들
맵다는 것이 맛이 아니라
암팡지다는 말,
전주 남부시장에는
매운 손들이 많다

버려지는 노인들

건망증이 온 것인지
면천에서 순성으로 와야 하는데
합덕 버스를 타고 말았다
중간에 내리려다
시골 들판이 어떨까 싶어서
종점까지 가기로 맘먹었다

시골 양반 푸념 섞인 말소리에
독가시가 박혀 있다
죽을 놈들 지털도 늙어 보라지
늙어서 돈 없으면
처다보지도 않고
돈 좀 있나 싶으면
서로 꼬시려고
향기 없는 미소를 남발해
늙었다고 힘없다고
병투성이라고
홀대하지 말라고
할아버지 역정이다

수전노는 갈수록

돈이 더 필요해
공직자의 부패 제일 불쾌하다
치부하지 않고
언행이 일치되는
도덕성을 지닌 사람

주변에서 일어나는 크고 작은 목소리
귀담아들어 줄 수 있는
어렵고 고통받는 사람들
따뜻한 가슴으로
함께하고 실천 가능한 사람
늘 처음처럼

산 그리고 쉼

고승주 | 시인

시에 대해 바른 정의를 하기는 쉽지 않다. 그래서 엘리엇 Thomas S. Eliot은 '시에 대한 정의는 오류의 역사'라고 했을 것이다. 그만큼 시의 의미는 깊고 넓다. 유치환 시인은 '시는 햇볕이 가득 내리는 마당에 철없는 어린아이들이 깨진 사금파리를 갖고 노는 장난에 불과한 것'이라고 했다. 시인은 언어의 사금파리를 가지고 놀이를 하며 기뻐하고 때로 좌절한다.

동심을 지니지 않으면 시를 쓸 수 없다. 사물을 대하는 마음에 신비와 경이로움이 일어나지 않는다면 그는 시인이 아니다. 윌리암 워즈워스William WordsWorth는 그의 시 「무지개」에서 '무지개를 볼 때마다 내 마음은 뛴다'고 했다. '내가 늙어 무지개를 보고 마음이 뛰지 않는다면 차라리 나를 죽게 해 달라'고 했다.

시인은 영혼의 순수성을 갈구한다. 거칠고 모진 세상에서 인간 본연의 순수성을 회복하는 일은 고행과도 같다. 그러나 그는 순수함에 이르기 위해 수도자처럼 언어의 원석을 캐내어 갈고닦는 일을 쉬지 않는다. 시 쓰기는 시인의 마음에 반사되는 사물과 마음에 맺힌 응어리를 언어로 풀어내는 일이다. 문학의 속성을 허구라고 하지만 시는 시인의 삶과 긴밀하게 연결되어 있다. 그는 시들지 않는 언어의 꽃을 피워 내는 마술사이다. 언어의 빈 그릇에 형형색색의 생각, 기쁨과 희망, 상처와 고독을 담아 두고 홀로 그것을 꺼내어 본다.

　출판사에서 윤혜경 시인의 시 해설 요청과 함께 시 원고를 보내왔다. 시인을 만나기 전 시인의 심상과 먼저 대면하게 된 것이다. 그의 시는 삶의 기록처럼 선명하고 명징하다. 말을 비틀어 억지로 의미를 만들어 내거나 난해함과 모호성으로 기교를 부리려 하지 않는다. 그의 시는 간결함 속에 기쁨과 삶의 애환을 담아내고 있다. 연작시 「봄」과 「산」 그리고 「쉼」을 통해 긴 호흡으로 그의 삶을 노래하고 있다.

추억의 그림자 길게 끌며

지나간다

늘 이곳에서

기다림을 배워 버린 습성

보내고 애타는
저문 하루
그리움만 쑥쑥 키워 가다
또 저문 하루
까아맣게 타 버릴
내 그리움
뉘 알까

_「해바라기꽃」 전문

시인은 해바라기의 향일성을 은유하여 꽃에다 자신의 사무
친 그리움을 묻어 두기도 하고, 꽃의 말을 읽어 내기도 한다.

섬 안의 섬
송두리째 낙화하는
붉디붉은 동백
해식절벽 끝까지 붉네
아찔한 낭떠러지에서 붉은 언어처럼
들리지 않는 말, 귀 기울이면
그대 발길 돌리라 하는 소리

파도에 밀리고 밀려
지심도, 온 섬이 동백의 말로 붉네

_「동백꽃」 전문

꽃 송이째 낙화하는 동백의 말은 직선적이고 선명하다. 시
인은 지심도의 동백에게서 붉디붉은 말을 읽어 낸다. 시「칠
월을 보내며」에서는 사랑하는 사람과의 별리의 정을 어금니
물어 달래는 속울음을 풀어내고 있다. 부재 가운데 더 선명하
게 드러나는 존재, 치열한 계절 7월과 처연한 슬픔, 극과 극
이 단단한 기억의 사슬로 묶여 있다. 칠월, 여름의 끄트머리
에 묶어 놓은 상처가 선연하다. 시인은 그의 깊은 상처를 '꽃
잎이 다 진 꽃나무 한 그루 / 꽃 진 자리 상처를 묶듯 / 모질게
아문 마디'라고 말하고 있다.
   이런 내밀한 슬픔은「복사해 드릴까요」와 연작시「쉼」 여러
곳에도 나타나 있다.

영원히 함께할 것 같던
보금자리를 떠나고

숨죽어 울다 들켜 버려
어금니 꽉 물어 대니

전율이 확 번져 오는
내 삶의 모서리, 칠월

여름의 끄트머리에
내 상처를 묶어 놓는다

_「칠월을 보내며」 전문

어머니,
사는 것과 산다는 것을
묻고 싶습니다
시간을 멈출 수만 있다면
오래도록 귀 기울여 주고 싶습니다
강물처럼 퍼 담을 수 있는
세월이라면
정화수 한 사발 떠 창가에 두고
물결을 밑줄 삼아
어머니께 답장을 쓰고 싶습니다

쓰면 바로 지워지는 물결이

어머니, 답장입니다

_「섬 4」 전문

　사람들은 삶이 팍팍하고 답이 보이지 않을 때 어머니를 찾는다. 언제나 자애로운 미소로 삶의 지혜를 말해 주던 어머니, 그러나 이제 그 어머니의 지혜를 들을 수 없다. 시인은 시간을 멈출 수만 있다면 어머니의 손을 잡고 밤새도록 대화를 나누고 싶은 것이다. 그는 정화수 한 사발을 떠서 창가에 두고 사발에 이는 잔물결을 밑줄 삼아 어머니에게 답장을 쓰고 싶다고 말한다. 시의 아름다움은 은유 가운데 빛난다. 어머니에게 쓰는 답장이 정화수에 이는 잔물결과 연결 될 때 시는 눈부신 빛을 발한다.

　인용한 시 외에도 몇몇 시구에서 시인의 절제된 상상력과 이미지가 돋보인다.

파란 하늘 / 맞닿는 산등성이 / 진달래 무리 지어 /

꽃술에 취해 / 배실배실 웃는다

_「봄 2」 중에서

급한 능선을 내려서면 / 행여 그대가

손짓하여 불러 주실 / 기척 있을까

되돌아보건만 / 내가 소리 질러

부르던 소리마저 / 응답 없으니, 그러나

늘 말없는 그대는 산이라서

과묵한 그 마음만 첩첩이 가슴에 쌓인다

_「산 4」 월출산

　　시인은 「산」 연작시를 통해 자연에 대한 넉넉한 품성을 닮고 시 속에 천고의 신비를 담아내고자 한다. 그래서 시인은 '머리부터 발끝까지 / 산의 기슭이 되고 싶다'고 노래하고 있다.

　　삶은 세계를 조금씩 이해해 가는 여정이다. 인간은 수많은 경험들을 이야기로 품고 있는 비밀스런 존재이다. 윤혜경 시인의 삶의 여정 가운데 만나는 사람들과 산과 꽃과 새들, 자연에 기대어 사는 생명들의 이야기가 그의 시 속에서 갈무리되어 빛나는 별로 솟아나기를 바라며 시인의 첫 시집 상재를 진심으로 축하드린다.